시로 쓰는 반성문

책 만 드 는 집 시인선 125

시로 쓰는 반성문

허종열 시집

책만드는집

반성과 성찰의 은총이 극동에 내렸나.

‘3·1혁명’ 100주년에 한국 일본 천주교회가 반성하고 성찰했다.

한국 교회는 외국인 선교사 지도부가 우리 민족의 아픔과 고통을 외면하며 시대의 징표를 제대로 못 본채 신자들에게 독립운동 참여를 금지하고 일제의 침략 전쟁 참여와 신사참배까지 권고한 잘못을 부끄러워했다.

일본 교회는 조선 침략에 대한 일본 교계의 책임을 인정하면서 일제의 강점 시기에 한국 교회에 깊이 관여하여 한국전쟁과 분단의 근원인 일본의 침략 전쟁에 한국 교회의 협력을 촉구한 것을 부끄러워했다.

참회와 회개로 은총의 100년이 오려나.

반성과 성찰, 참회와 회개의 힘을 독일이 현실로 보여줬다. 나치 독일의 아우슈비츠와 홀로코스트의 과거를 통절히 반성하고 철저한 과거 청산과 피해 보상으로 국가의 품격을 높였다. 그것이 평화통일과 경제 발전의 견인차가 되었다.

'청산되지 않은 과거'에 발목이 잡힌 우리에겐 친일·냉전·독재의 철저한 과거 청산이 당면 과제이다. 독일이 타산지석이 되면 정의와 평화, 복지의 꽃이 피리라.

반성과 청산으로 은총의 100년을 맞이하자.

　　　　*　　　　*　　　　*

　시집 제목이 『시로 쓰는 반성문』이라 '반성'을 주제
로 '시인의 말'을 써보았다. '쉬운 시, 시원한 시'를 지
향하며 시를 쓰려 했지만, 내용이 만족스럽지 못해 시
집 출판을 망설여왔다. 그러던 중 "시집을 낼 수 있을
때 내라"는 선배들의 조언을 듣고 용기를 냈다.

－2019년 봄

허종열

| 차례 |

상생

평창올림픽에서 평화를 춤춘 인면조人面鳥
고구려 벽화에서 하늘과 땅을 잇더니
남북에 화해의 단비가 은총으로 내렸는가

70년간 끊어졌던 판문역 기적汽笛 소리
중국과 시베리아 대륙을 가로질러
현실로 다가올 새롭고 오랜 동상동몽同床同夢

2018. 12. 31.

不憂國非詩也
불 꺼진 땅에 부활의 빛을

겨누던 총부리를 멀리 뒤로 물리고
서먹했던 너와 내가 함께 사는 식구 되어
함께 먹고 함께 일하며 정을 쌓던 땅
날이 갈수록 평화와 통일의 꿈 무르익어
얼굴색이 입사 연도를 알려주던 그 화기和氣
어디선가 신을 벗으라는 소리 들리는 듯
거룩해져 가던 그 땅에 어느 날 갑자기
불이 꺼지고 전기 수도도 매정하게 끊겼다
열심히 일하던 5만 노동자의 삶 막막해지고
번창하던 123개 기업 활로 캄캄해졌다

독선과 무지, 아집과 오판의 정치가
정녕 통일 대박으로 가는 길인가
그게 남과 북의 신뢰 프로세스인가
정말 경제를 살리는 길인가
나라와 겨레를 걱정하는 한숨과 신음

하늘과 땅을 울린다

가만히 있지 말자
혼용무도昏庸無道에 그냥 당하고만 있지 말자
2200만 평에 700만 도시 건설의 꿈
휴전선 인근에 개성공단 5개만 만들면
평화통일이 곧바로 이루어지리라는 꿈
그 꿈 별안간 십자가에 못 박혔지만
포기하지 말자
긴 3일이 지나면 하느님이 나서시리라
침묵을 깨시리라
부활의 빛 비추시리라

2016. 4.

하나로 가는 길

북녘 땅에 묻힌 자원 소문대로 엄청나다
컴퓨터 휴대전화 자동차의 필수 물질
첨단산업의 비타민이 되는 희토류稀土類
평양이 거대한 유전 위에 둥둥 떠 있다
김정일이 으스대던 검은 황금 매장량
판다곰, 북극곰이 웅시탐탐熊視眈眈 넘보고
사냥개 데인, 흰머리독수리도 군침 흘린다니
소 천 마리 몰고 가고 5억 불이나 송금하며
사업권에 매달렸던 정주영이 떠오른다

남북이 이 지하자원 더불어 개발하고
유라시아로 통하는 육로까지 함께 열면
상생과 공동 번영 확실히 보장될 텐데
오고 가고 나누려는 주인까지 물어뜯는
웅녀의 귀태鬼胎 같은 남녘 북녘 강아지들
어리석은 혼군昏君처럼 무능한 용군庸君처럼
훤히 보이는 길을 두고 모로만 가고 있다

70년간 갈라서서 전쟁까지 치르고도
밤낮으로 시퍼렇게 날 선 이빨 드러내며
칼을 뽑아 들고 활시위를 당겨놓는다 劍拔弩張

한민족 한 핏줄 한 형제끼리
왼뺨도 돌려대고 속옷도 갖게 하고
2천 걸음 가주고 꾸려 하면 물리치지 않는*
그 말씀 그 정신 그대로 풀면 풀리리라
갈고리 십자가로 피바람을 몰고 왔던
사냥개 데인은 퍼주기로 통 크게 나눠
철벽같던 베를린장벽 간단히 무너지고
통일의 꿈 번영의 꿈 이루지 않았는가

2016. 5.

* 마태 5, 39 ~ 42.

不憂國非詩也

나라를 위한 기도
- 성령강림 대축일에

오소서 성령이여
우리 맘에 오소서

'하느님을 공경하는 사람'
티모테오*와

'평화를 상징하는 비둘기'
골롬바**에게

당신 칠은七恩 베푸시고
그 열매 풍성하게 하소서

길이 머무소서 성령이여

나라다운 나라를 만들려는
모든 일 잘되게

영감을 주시고
이끌어주소서

* 문재인 대통령의 세례명.
** 김정숙 여사의 세례명.

무인기 호들갑

청계산 군부대 철조망 안쪽에서
'무인기 비슷한 하늘색 물체 발견'
북한제 무인기 남침 타령 호들갑에

안보 팔이 종북 몰이 눈귀가 번쩍
합참에 보고되고 군 조사팀이 출동
이동식 화장실의 부서진 문짝을 확인

팔이로 권력 잡고 몰이로 먹고사는
탈법 비리 공화국 무능 정부 부역자들
아뿔싸, 한 건 했다 싶더니 헛다리 짚었네

몽돌 해변

모든 것 낮은 데서 받아들인 바닷물
수만 년 쉴 새 없이 퍼덕이고 철썩여
예쁘고 귀한 보석으로 바닷가 장식했네

보드라운 소금 털 햇빛에 반짝이고
젖은 피부 저마다 매끄럽고 귀여워
모두들 한아름 안고 함께 가고 싶네

뒤풀이

천재인지 괴짜인지 모를
선배 후배 동료 문인들이
위계의 너럭바위에 앉아

읽고 또 읽어도 도무지 모를
수상자의 난해한 시를
절세의 절창이라 치켜세운다
말없이 술만 마시는 이도 있고

바른길 비뚤게 간 건지
비뚠 길 바르게 간 건지 모를
원로 시인도 기리고 칭송한다

나름의 논리에 뼈도 있지만
오가는 술잔 늘어날수록
헐렁 물렁 흐트러진다

2차 3차
괴짜와 천재, 천재와 괴짜의 만남
꼬리가 길다

난해 대응

유명한 시인들이 좋다고 추천했지만
쓴 사람 자신도 알지 못하는 시
몇 번이나 읽어봐도
무슨 소린지 도무지 이해가 안 되고
발문의 해설은 더 어려워
당황스러운 열등감에 우울증도 앓다가
마침내 특효를 내는 처방을 찾았다

두세 줄 읽어보고 암호처럼 난해하면
인정사정 볼 것 없이 건너뛰고 넘어가기

처음엔 찜찜한 미련도 남아 있었지만
이제는 헛수고를 하지 않아 후련하고
시간도 절약되어 마음이 홀가분하다
마침내 관심마저도 완전히 없어졌다

훌륭한 시는 첫째, 감동을 주는 작품이다. 감동을 주기 위해서는 일단 시가 이해되어야 한다. 둘째, 훌륭하고 가치 있는 상상력의 토대 위에서 쓴 시이다. 셋째, 부분적 진실이 아닌 총체적 진실을 추구하는 시이다. 시인이란 놀면서 일하는 사람, 시란 놀면서 쓰는 어떤 것이다.

시는 가능한 한 쉽게 써야 한다. 해석이 불가능하다는 것은 무엇인가 문제를 지닌 작품이다. 그럼에도 우리나라에서는 난해한 시들이 유명세를 타고 있는 것 같다. 시는 난해해야 한다는 강박관념이 지배하고 있는 것 같다.

시의 네 가지 유형 : ① 쉬운 것을 쉽게 쓴 시 ② 쉬운 것을 어렵게 쓴 시 ③ 어려운 내용을 어렵게 쓴 시 ④ 어려운 내용을 쉽게 쓴 시. 이 중에 ④가 시에 대해 나름으로 달관한 경지에 든 시인의 작품이다. 네 가지 유형을 우열의 순서로 나열하면 ④ ① ② ③이다.(시인 오세영 명예교수의 글에서)

나의 모습

나도 알고 남도 아는 나
오그라든 손, 꼭 쥔 주먹 펼 줄 몰라
따뜻한 바람 한 점 들 수 없는

나는 알고 남은 모르는 나
수치스러운 실수, 죄의식에 가슴 치는
회의懷疑하고 미운 정 많은

나는 모르고 남이 아는 나
주위 사람 7할이 좋아하지 않는데
3할이 전부인 양 착각하는

나도 모르고 남도 모르는 나
머리카락 한 올까지 세어두신
그분의 뜻, 그분의 속마음 모르는

내 마음 나도 몰라

좋은 씨 싹 틔우려 애쓰는 마음밭
어느 때는 흙 없는 길바닥이 되었다가
어느 때는 물기 없는 자갈밭 되고
어느 때는 숨 막히는 가시덤불 되었다가
어느 때는 기름진 좋은 땅 되기도 하는
내 마음 나도 몰라

첫눈에 홀딱 반하다
별안간 질색하듯 변덕스러운
내 마음 나도 몰라

이성을 넘어서서 이해 못 할 그 씨앗
그래도 꾸준히 쉬지 않고 꾸준히
믿고서 우러러보는
내 마음 나도 몰라

영원한 하루

하루에 볼 것 다 보고 할 것 다 하는
하루살이 눈에는
하세월 빈둥대는
인간이 한심한 존재로 보이겠지만

내일을 이해 못 하는 하루살이와 달리
내년을 이해 못 하는 메뚜기와는 달리
인간은 '영원한 하루'를 살 길을 묻는다

어디로 가야 합니까

별 위치 놓치고 길 잘못 든 박사들
작은 시골 마을 베들레헴을 외면하고
화려한 예루살렘으로 가서 수소문했다

세속에 물든 차디찬 겨울의 마음으로는
겸손한 메시아의 마음을 헤아릴 수 없어
죄 없는 아기들만 희생된 참극을 낳았다

이제 도시의 밤하늘엔 별빛이 없어지고
메시아를 찾는 점성술도 없어졌지만
성경은 사도들이 갈 길을 제시해놓았다

부활한 메시아는 예루살렘을 떠나
가난한 지방 갈릴레아로 먼저 갔다
마음을 주변부로 돌리는 솔선수범이리라

카오스 이후에는

별이면 모두가 반짝이며 빛나고
크거나 작을 뿐인 줄 알았는데

칼 세이건의 『코스모스』를 보면
푸른 별 노란 별 사이사이에
붉은 별 하얀 별 검은 별이 있다

푸른 것은 뜨거운 젊은 별
노란 것은 평범한 중년의 별
붉은 것은 늙어 죽어가는 별
검은 것은 죽음의 문턱에 있는 별

하늘을 뒤덮고 있는 먹구름과 안개
유해 물질 머금은 매연 분진 걷히면
밤하늘 어지럽히는 똥별도 드러나겠지

복분자술

7월이면 국사봉 복분자 기세등등하다
푸른 열매가 자라며 노랗게 되었다가
어느새 빨개져서 까맣게 익어 탐스럽다

가시 찔리고 모기 물리고 땀에 젖으며
그 열매 따 모아 담금술로 술을 담근다

복분자술 마시고 강해진 오줌 줄기가
묵직한 요강을 뒤집어엎어 버린다지만
황혼에 종이컵만 엎질러도 그게 어딘가

깨어 있어라

깨어 있으라는 말은
기억하라는 말
기억하라는 말은
생각하라는 말
생각하라는 말은
기도하라는 말
기도하라는 말은 결국
깨어 있으라는 말

不憂國非詩也
분열의 기수들아

분열에는 선수인 꾼들의 정치판에
건들바람 흔들바람 실바람 불어와도
튼실한 소나무 가지 휘어져 부러진다

망둥이도 꼴뚜기도 제멋대로 뛰어올라
한꺼번에 동아리가 우후죽순 생겨나니
한심한 작풍 작태에 한숨만 깊어지네

잉어도 아니면서 붕어도 아니면서
저마다 굵직하다 저마다 큼직하다
철없이 용쓰지 말고 더불어 함께하세

그때와 지금

사시사철 보릿고개였던 시절
아이들을 보고 어른들이 말했다

뛰지 마라 배 꺼진다

먹을 것이 푸짐한 오늘날에는
아이들을 보고 어른들이 말한다

좀 걸어라 소화되게

인내천 人乃天

푸른 하늘 은하수를 즐겨 노래하지만
하늘빛은 푸르지 않은 때가 더 많다
흰 구름 먹구름에 하늘빛이 달라진다

파란색 코발트색 맑고 푸른 하늘보다
회백색 잿빛 하늘, 미색 하늘 더 흔하다
거기다 황혼의 붉은 노을빛도 찬란하다

날마다 수시로 바뀌는 하늘빛 따라
사람의 심기, 안색도 덩달아 무상하다
인내천, 사람이 바로 하늘이라 그런가

희생 제물

국사봉 중턱 체력단련장을 내려가다
삐끗하여 풀썩 주저앉은 젊은이
미용에 유별나게 관심이 많던 여성
양쪽 팔 잡아줘도 일어서지 못한다

금방 통통 부어오른 부러진 발목에
파스 뿌리고 붕대 감은 119 대원들의
들것에 누워 산을 내려가는 황당녀
이러려고 올라왔나 표정이 착잡하다

소문이 민선 시장의 귀에 들어갔는지
산우山友들이 부랴부랴 만든 계단 걷어내고
기름 먹인 침목으로 새 계단 만드니
멋지고 반듯한 계단길이 과분해 보인다

실족해 부러진 발목이 희생 제물 되었나

삶이란

기차 안
계란 장수가 외치는 소리로

김수환 추기경이
자주 하시던 우스개

삶이란 무엇이냐 하면
삶은 계란이다

생명은 죽음에서 온다지만

허무로다 허무!
모든 것이 허무로다*
동생의 주검 앞에서 말없이 탄식한다

헐벗은 뽕잎 먹으며 자라나
열심히 실을 토해 새하얀 고치 만들고
그 속에 힘없는 번데기로 살다
숨을 멈추는 찰나 땅의 주검이 되었다
보이지 않는 하늘의 21그램**은
꽃잎 날개 나방이 되어 날아갔는가

죽은 씨앗이 새싹의 형태로 바뀌듯
재가 되고 흙이 된 주검이
보이지 않는 생명의 형태로 바뀐다지만
삶의 멍에 지고 한평생 용케 살아낸
눈에 보이는 주검 앞에 서면

탄식이 절로 나온다

허무로다 허무!
모든 것이 허무로다

不憂國非詩也
어리바리 돌고래
－사드 기습 배치

고래들 땅따먹기 싸움에 등 터진 새우
기적처럼 진화하여 돌고래가 되었는데
영리하고 재주 좋은 아이큐와 기억력
성장이 멈추었나 치매에 걸렸나

서북 대륙 곰고래, 태평양 수리고래의
해묵은 싸움에 그냥 말려들지 말고
틈새를 노려서 매끄럽고 재빠르게
미꾸라지 장어처럼 빠져야 하는데
칠푼이 팔푼이같이 기를 쓰고 끼어드네

고래 힘 구걸하다 큰코다친 일 잊었나
아직도 잘린 허리 접합 수술 못 했는데

40

구정물

피보다 진한 물은 투명한 구정물

속임수 꼼수 모르는, 때 묻은 철부지들
겉모습만 보고서 청정수로 알았다가
어둠 속에서 구정물이 사방으로 튀고
진동하는 썩은 냄새 참을 수 없어지니

마침내
어둠을 물리치는 촛불을 들었다

마른 꽃

가을에 시름시름
시들어가던 꽃

겨울에 얼지도 않고
말라버렸네

새봄엔 피안의 언덕에
새 꽃을 피우려나

不憂國非詩也

광화문 구마驅魔 함성

모르쇠가
스스로 드러내는
더러운 영

화려한 쇼
유려한 거짓말로
회칠한 무덤*

촛불의
함성이 외친다
그에게서 나가라**

* 마태 23, 27.
** 마르 1, 25. 루카 4, 35.

마천루摩天樓의 저주인가

온 세상이 같은 말을 하며 함께 살았는데
오만한 이들이 하늘에 닿는 탑을 쌓자
주님이 그들의 말을 뒤섞고 흩어버렸다*

마천루는 허풍으로 돈을 푸는 거품 속에
"부자 되세요" 흥청망청하며 쌓아 올려
불황이 임박할 때 완공되는 침체의 전조
엠파이어스테이트빌딩**이 엠프티빌딩 되고
부르즈두바이***가 부르즈칼리파가 되니
마천루의 저주라는 학설이 그럴싸한데

바벨의 새 역사를 쓰듯 솟아오른 괴물
하늘에 닿아 찌르고 긁어 상처를 내니
하늘이 사람들의 말을 섞고 갈라놓았는가
금수저의 거짓말 흙수저의 볼멘소리
서로가 너무 달라 도무지 불통인 세상

이름을 날리려는 휘황한 샬롯데의 꿈
경영권 흔들리고 게이트에 휘청이는데
황사가 밀려와 하늘을 뒤덮고 있다
마이크로소프트 본사는 3층 건물이고
제2롯데월드는 123층 555미터이니
두렵다 하느님이 침묵을 불황으로 깰까 봐

2017. 3.

* 창세기 11, 1~9.
** 102층 엠파이어스테이트빌딩Empire State Building은 완공된 직후 대
공황으로 건물이 절반쯤 비어 있어 '엠프티empty스테이트빌딩'으로
불렸다.
*** 두바이는 2009년 11월 높이 828m 세계 최고층 건물 부르즈두바
이의 완공을 앞두고 모라토리엄(국가채무 상환 유예)을 선언, 이 건물
은 '부르즈칼리파'로 이름이 바뀌었다. 칼리파는 두바이의 채무를
대납한 아부다비의 국왕 이름.

반성문

석기시대 동네로 조롱받는 대구에서
기자로 출발하여 사장에까지 올랐던
시골 국민학교 동기 동창 김상태가
새로운 대구를 열자는 사람들과 함께
'대구가 쓰는 반성문'에 앞장서서

국민과 역사 앞에 부끄럽고 미안하다며
묻지 마 투표로 지역 대통령 뽑아
이런들 저런들 박수 치고 지지하여
정치를 일당 독무대로 만든 걸 반성하며
박정희를 넘어서는 새로운 비전으로
만인공생 대한민국 개조를 다짐했네

박근혜 최순실의 국정농단 헌정파괴가
부끄러운 역사에 대한 반성으로 이어져
회개와 다짐으로 전화위복되려는가

사주팔자

8자는
뒤집어놓아도 8자

옆으로 눕혀놓으면
무한대가 된다

그래서
고칠 수 없는 8자라 하는가

다 어디로 갔나?

둘레길과 성당에서 매일 보던 어르신들
하루 이틀 뜸하다 싶더니 보이지 않는다
빚어진 그 흙먼지로 다시 되돌아갔는가

죽은 사람들은 다들 어디로 갔나?
알 듯 모를 듯 갸웃거리다 문을 여니
햇빛에 공간 가득히 드러나는 흙먼지

밀크위드처럼

옥수수밭에 자라나는 잡초 '밀크위드'
그 수액을 먹고 사는 진딧물의 단 즙은
옥수수 좀벌레의 천적 기생말벌의 먹이

잡초에 꼬인 기생말벌이 좀벌레를 죽여
옥수수 수확량이 잡초 덕에 늘어난다
성가신 잡초와의 공존 공생은 자연의 섭리

촛불 혁명이 이뤄낸 사람 사는 세상에도
옥수수 좀벌레의 천적 같은 기생말벌이
나라의 적폐를 청산하는 마중물 되었으면

등산 인생

없었던 한 삶
일어나 산을 오른다
정상을 향해
앞만 보고 길을 찾아 기를 쓰고 오른다
잠시 멈춰서 주위를 둘러볼 여유도 없이
오르고 또 올라
마침내 정상

정상은 머물러 살 곳이 아니다
주위를 둘러보는 것도 잠시
어느 길로든 다시 내려가야 한다
없음을 향해 다시 내려가는 길은
서둘지 않아도 서둘러지는 내리막길
속도가 해마다 빨라
작년 다르고 올해 다르다
주변을 둘러볼 수 있어도

제대로 살필 여유는 없다

이렇게 내려가려
그렇게 기를 쓰고 올랐던가

우리 산 우리 숲

달아난 학을 찾아낸 심학산尋鶴山 둘레길
맑은 공기
우거진 푸른 숲
확 트인 전망
궁중에 갇혔던 학이 깃들 만한 풍광이라

이번 산행이 금년 중 가장 잘한 일이야
너스레로 감탄을 연발하며 걸어가는데
사유지 표시와 길을 막은 흔적이 거슬려

이 산을 생산하고
숲을 가꾼 이가 있느냐
양쪽 말뚝 한쪽에 걸린 쇠줄에 물으니
숲 속의 나뭇가지들이 절레절레 흔드네

물고기

모든 생명체는 바다에서 시작되었다
인간의 손가락 다섯 개는 물고기의
다섯 개 지느러미뼈가 진화한 거란다

예수 그리스도 하느님의 아들 구세주
그리스어 첫 글자를 순서대로 모으면
익투스ΙΧΘΥΣ 물고기라는 뜻의 낱말이 된다

이런 연유로 물고기는 그리스도의 상징
박해 시대의 숨은 꽃 그리스도인들은
물고기 그림을 그려 신자임을 알렸다

"모든 사람에게 하는 말이다 깨어 있어라"*
어항 속 물고기가 눈을 뜬 채 자고 있다
인간의 원조로서 모범을 보이려는 듯이

* 마르 13, 37.

유품

91세 숙모님이
요양원에 남기신 유품

오랜 세월 손때 묻어
거무스름한
묵주

누렇게 해지고 닳아
너덜너덜한
기도서

그분의 삶에 대해
다른 말이 필요한가

하느님께 오로지
의탁하며 살아온 삶

묵주와 저 기도서가
증언하고 있는데

성도들의 통공 通功

부모님 묘에서 드러난 귀신이 곡할 현상

산소에 가보지도 않은 모르는 교수가
안테나 같은 막대를 동생 몸에 대보고
왼쪽에 수맥이 있다더라 하여 황당했는데

조성한 가족묘지로 이장하려 파묘하니
27년 전 합장한 모친은 먼지가 되고
왼쪽의 부친 유골은 젖어 있지 않은가!

천상교회 지상교회 연옥교회 성도들이
서로 통공하며 친교를 나눈다는 신경信經
그 교리 긴가민가하며 입으로만 외워오다

영적 친교에 육적 친교도 포함되는 듯한
이해하기 어려운 현실에 전율하는데

어디서 끄악끄악 요란한 까마귀 울음소리

2017. 6. 24.

이나시오

요셉-말구-스테파노 대를 이은 이나시오
유아영세로 천주의 백성 호적에 올린 본명
'타는 불' 이나시오 본받게 지어준 이름

성경에 없는 그분이 누군지 모르는 채
어영부영 20대에 이르러서야 알아보고
우러러 공경하며 무릎을 꿇었었다

유교의 상제上帝는 곧 천주라는 논리로
중국에 가톨릭의 씨를 뿌린 선교사
마테오 리치 신부를 배출한 예수회

100여 개국에 226개 대학을 세운
그 회를 창설하여 초대 총장을 지낸 그분
닮지는 못해도 흉내는 내보자 다짐했었다

어느새 산수傘壽 바라보며 되돌아보니
33세에 인문학 신학을 시작한 그분처럼
빈한한 늦깎이로 대학에 들어가고
46세나 되어 사제 서품을 받은 그분처럼
희수稀壽에 이르러 새내기 시인이 되고
『영신수련』 같은 저서를 남긴 그분처럼
역서와 시집을 낸 그 부분만 엇비슷하다

시대와 신분의 한계를 뛰어넘지 못하고
신비스러운 환시로 새로 태어난 적도 없지만
세월과 장소를 초월하여 그분과 통공했던가

마음속 가라지를 제거하는 그날까지
지은 죄 참회하고 자비를 간구하며
'타는 불' 그 열정으로 매일 미사와 시로 살리라

가라지와 함께

천고마비天高馬肥가 무슨 뜻인지 묻는 물음에
천 미터 높이 올라가면 몸이 마비되죠
전남 보성 벌교가 어떤 곳인지 묻자
벌을 숭배하는 종교를 믿는 곳입니까?

이건 웃기려고 하는 농담이 아니다
외국에서 오래 살다 돌아온 사람이
방송에 나와 진지하게 대답하는 말이다

멀쩡한 늙은이도 흔히 기상천외하다
제일 좋은 건 물 같은 거라는 상선약수上善若水를
충북 단양 상선암의 약수로 알아듣고
범인은 이웃이란 근자지소행近者之所行을 말하니
큰 자지 소행이라 이해하고 끄덕인다
연산군이 세종의 아들인지 묻기도 하고
광화문 일대를 촛불이 가득 메우니

태극기 성조기를 흔들어 김을 빼고
유족들의 단식을 폭식으로 조롱한다

달라도 너무 다른 희한한 인식과 행동
가라지의 실재와 실체가 뚜렷하지만
더불어 안고 가야 하는 게 밀밭의 숙명

모두가 똑같은 주권을 가진 민주 시민
인내와 포용으로 지켜내야 할 자유
그래서 언제나 시끄럽고 힘겨운 민주주의

패밀리 게이트 Family-gate*

하르르 살랑살랑 하늘하늘 비실비실
스산한 바람에 우수수 떨어지는 낙엽
푸름은 오간 데 없고
갈색으로 쌓이는데

육각정 옆 왕거미줄에 딱 걸린 잎들
줄줄이 엮이더니 가랑잎 커튼이 되어
파르르
떨며 흔들리며
눈보라 재촉하네

무성한 가지와 잎에 철새가 깃들던 시절
망가진 저 모습
꿈엔들 상상했던가
이제는
옥토의 밑거름이 되는 길뿐이네

* 가족이 범죄에 얽혀 있는 사건.

황제 장사꾼

돈돈돈
돈 때문에 돌아버린 돈 황제
돈 사랑이 모든 악의 뿌리인 줄 모르고*
조공과 알현료에 목말라
입술이 타네

관용의 상실이 바로 쇠퇴의 길 되고
파시즘이 몰락을 재촉하는 줄 모르는
돈돈돈
오로지 돈
돈만 아는 돈 황제

* 1티모테오 6, 10.

사필귀정 事必歸正

평창올림픽이 평화의 불씨 될
조짐이 보입니다

꽉꽉 막혔던 길이
동쪽과 서쪽, 하늘과 바다에서
마침내 다시 열리고 있습니다

꽁꽁 얼어붙었던
몸과 마음에 조금씩
온기가 돌고 있습니다

겨울나무에 수액이 올라
움트고 잎이 돋아날 봄이
먼 데서 다가오고 있습니다

두 갈래로 흐르던 강물이

두물머리에서 하나의 강 되어
바다에 이르는 엄연한 현실

아무리 심술을 부리고
최첨단 화염으로 위협해도
도도한 이 흐름 막지 못합니다

모든 일은 반드시 바른길로
돌아가게 마련입니다

화정花井의 꿈

'꽃보다 아름다운 사람들의 도시 고양'

미세먼지 스모그가 없던 어둠 속에서
별들이 비단같이 펼쳐졌던 성라산星羅山

나라의 제사를 지내던 국사봉國祀峰 아래
꽃내花川 흐르고 찬 우물冷井이 있던 화정동
산허리 20여 년 돌며 살아온 제2고향

수를 놓은 비단 같던 금수강산 한 자락
공해만 없어진다면 이 신도시 창공도
은하수 가득한 시나이산 밤하늘 될까

당신이 죄악을 살피시면

임금은 왕비 외에 후궁들을 거느리고
세도가와 부자는 축첩을 일삼던 관습
외화 수입 일부, 양공주에 의지하던 정책
신고식과 털건배가 유행하던 술집 풍경…

저런 문화와 관행에 젖었던 이들에게, 주님
당신이 죄악을 살피시면 감당할 자 누구이리까*

예쁜 꽃이 향기로 나비를 유혹하듯
발정 난 암컷이 암내로 수컷을 자극하듯
유혹에 빠뜨릴 요상한 것들 널려 있다
핫팬츠, 초미니, 배꼽티, 시스루see-through,** 비키니
출렁이는 노브라 실룩이는 풍만한 히프…

음욕을 품고 여자를 바라보는 자는
이미 마음으로 간음한 것이라 하신 주님

당신이 죄악을 살피시면 감당할 자 누구이리까

여성 상위 시대가 도래한 지 이미 오랜데
아직도 성추행하는 '간 큰 남자'가 있다니
성 충동이 월등 강한 남성의 생리 탓인가
10년 20년 전 죄의식 없이 저지른 행위로
유명한 '간 큰 남자'가 하루아침 몰락하고
수오지심羞惡之心으로 극단적 선택까지 하는 현실

유리천장 깨뜨리고 여권을 신장하려다
신화에 나오는 아마조네스 여인 왕국
펜스룰***로 여성을 격리할 시대 열리는가

도道가 높은 곳에 마귀가 성함을 증명하듯
석가모니도 스캔들에 시달린 적 있다니
죄 없는 자가 먼저 돌을 던지라 하시고

간음한 여인의 죄를 묻지 않으셨던 주님
당신이 죄악을 살피시면 감당할 자 누구이리까

* 시편 130, 3.
** 속이 비쳐 보이는 옷.
*** 아내 외의 여성과는 단둘이 식사하지 않는다는 미국 부통령 마
이크 펜스의 규칙.

영원의 한 토막

숲 속 여기저기 밑동이 부러진 고목들
잎도 꽃도 열매도 없는 맨몸을 통째로
땅에다 베푸는 마지막 신시身施를 하고 있다

일부는 썩어서 이미 흙이 된 그 옆에
잎이 무성하고 싱싱한 나무와 비교되어
고목의 일생이 너무나 허망해 보인다

수만 년 수억 년 서로 다른 모습으로
오메가로 가는 각각의 시점에 살다가
차례로 사라져 보이지 않는 나무들

형체는 사라졌지만 본질 그 자체는
물질불멸의 진실대로 소멸되지 않은 채
일생과 일생이 영원으로 이어지고 있다

나무의 생혼生魂이 동물의 각혼覺魂과 어울려
신령스러운 숲 속의 정령精靈이 되었는가
새소리 풀벌레 소리 바람결에 신비롭네

성모님께 바치는 기도

초록빛이 날로 싱싱하게 환호하는 5월

예수님을 낳아 기르신 거룩한 어머니께
자신을 불태워 빛을 내는 촛불과 더불어
장미 화환의 기도를 바치며 경배합니다

주님과 함께 계시는 자애로운 성모님
멕시코의 과달루페, 프랑스의 루르드
포르투갈의 파티마와 세계 곳곳에서
우리에게 회개와 기도를 당부하시며
여전히 활동하시는 당신의 모습과
역사하시는 하느님의 신비를 보여주신
당신의 보살핌과 사랑에 감사드립니다

십자가에서 하신 예수님의 말씀으로
우리 모두의 어머니가 되시고

시메온이 예언한 그 고통을 감수하시며
기꺼이 구원 사업의 도구가 되신 성모님
우리도 인생을 살면서 겪어야 하는
괴롭고 아픈 일을 당신처럼 감수하며
조금도 흔들림 없이 신앙의 길을 가도록
위로와 격려로 우리를 인도해주소서

지금 이 순간 성모님과 프란치스코 교종의
기도와 우리의 소원에 응답하듯
여기 한반도에 평화가 깃들고 있습니다
남북의 형제자매끼리 부모와 자식끼리
원수가 되어 냉전을 벌이며 갈고 벼리던
칼과 창을 쳐서 보습과 낫을 만들려 합니다
북한강과 남한강이 만나 한강으로 흐르듯
남과 북이 자연스레 하나 되게 도와주소서

하와의 불순종으로 묶인 매듭 순종으로 푸신
하느님의 어머니요 하느님의 딸이시며
공의회가 '교회의 어머니'로 선포하고
무슬림도 힌두교도도 공경하는 마리아여
하느님의 백성인 당신의 자녀들도
순종의 미덕과 자신을 낮추는 겸덕을
본받고 닮도록 우리를 이끌어주소서

하느님의 성총을 가득히 입으시어
하느님의 말씀을 품고 그 말씀 안에서
혁명 정신으로 '마니피캇'을 노래하시고
십자가와 부활의 영광에 이르기까지
모든 것을 하느님의 뜻에 맡기신 성모님
우리도 무엇을 하든 하느님의 뜻을 물으며
그리스도 안에서 그분의 말씀을 사는
당신의 착한 자녀가 되게 빌어주소서

아멘

2018년 5월 26일

화정동 성당 '성모의 밤'에 낭송

부활 후 모습

황도 복숭아 묘목을 사다가 심었더니
엉뚱한 열매가 열려 황당했다는 보도―
묘목을 보고 모르는데 씨를 보고 알겠는가

씨가 죽어서 살아날 모습을 알 수 없듯
나비에서 애벌레의 모습을 볼 수 없듯
자라난 밀알의 모습도 우리는 알 수 없다

로마의 콜로세움에서 사자의 밥으로
예수의 밀알이 된 성 이나시오 주교
영적인 그분 모습, 상상으로도 알 수 없다

가르치는 모임인데…

'세상의 죄' 하며 가슴을 치라는 말씀대로
기도 중 내 탓이오 하듯 가슴을 두드렸다
예부터 사회 관계망 의식이 있었던가

천주교라 헌금을 천 원만 한다는 비아냥
그 관행 고치려 위패까지 만드는 꼼수
순교자 윤지충*이 얼마나 억울해할까

왜 '내 탓이오'인지 왜 '미사 예물'인지
가르치는 모임인 교회敎會의 진솔한 강론이
기발한 꼼수보다 훨씬 낫고 옳지 않을까

* 어머니의 위패를 불사르고 제사를 지내지 않은 죄로 순교.

제국의 탐욕

제국주의 국가 조폭들이 으르렁대던 시대
450년 오키나와 수례지방守禮之邦 류큐왕국
일본의 충혈된 탐욕에 먹히고 말았다

잦은 침략으로 반半속국으로 전락시키더니
민족성과 문화를 말살하는 '동화정책'으로
류큐의 국왕을 도쿄로 강제 이주시키고
궁성인 슈리성首里城을 일본 군영으로 삼고
이름을 일본식으로 '개성개명'하게 하고
고유 언어 대신 일본어 사용을 강요하고
'황민화 교육'으로 천황의 신민을 길러내
류큐의 '이완용'도 나날이 늘어났다

일본은 류큐왕국에서 써먹은 수법을
동방예의지국東方禮儀之國에 그대로 적용하여
다 먹은 조선을 패전으로 토해내야 했는데

제국주의 향수를 못 잊어 욱일기를 달고
독도는 게워내지 않았다고 우기는 일본
아직도 국가 조폭 기질을 못 버린 탓인가

히로시마 나가사키의 비극을 잊은 듯
전쟁을 할 수 있게 헌법을 개정하려는
아베의 망상증을 고쳐줄 명약은 없는가

미국이 평화를 원할까?

핵보유국이 타국에 강요하는 비핵화
CVID*는 있고 CVIG**는 없는 평화는
공정과 정의가 뒤틀린 세계의 헛소리

자국의 핵무기 성능은 몰래 강화하며
핵 확산 금지를 외치는 비양심, 저 억지
명분과 염치가 실종된 잠꼬대 같은

종전 선언으로 긴장이 풀리면 어쩌나
무기 팔아 배 불리는 몸집 큰 장삿속
얼굴에 철판 깔고 우격다짐하는 저 작태

세계의 평화와 번영을 정말 원하는가
양심을 되찾고 선진국을 비핵화하라
한반도 평화 퍼스트, 세계 비핵화 넥스트

* Complete, Verifiable and Irreversible Dismantlement. 완전하고 검증 가능하며 불가역적인 핵 폐기.
* Complete, Verifiable, Irreversible Guarantee. 완전하고 검증 가능하며 돌이킬 수 없는 안전보장.

사추기思秋期 인생

컴맹에 시력도 약해 무위고無爲苦를 겪으며
죽치고 들어앉아 눈칫밥 받아먹다가
메마른 낙엽처럼 집 밖에 쏠려 나온 3식食이

동네 산 둘레길 걷다 만난 사람들끼리
쉼터에서 잘나갔던 시절 얘기 나누다
점심을 음식점에서 때우는 2식이가 된다

미끄러져 넘어지고 병고에 치매 걸리면
집 안에 착 달라붙어 잘 쏠리지도 않는
'누레타 오치바'* 3식이로 되돌아가기도

* 濡れた落ち葉. 젖은 낙엽. 일본서 노인을 지칭.

DNA가 같아

술년戌年이 지나가고 해년亥年이 들어서도
양두羊頭는 아예 없고 몽땅 구육狗肉뿐이라
하는 말 하는 행동 모두가 블랙코미디

구치소 후문後聞

기세등등 군자가 수인으로 변신하니
싱싱하던 풀잎이 시들고 마르는구나
현실로 보여주는 인생무상 일장춘몽

화려한 옷에 교만했던 세탁소 옷걸이
첫째가 꼴찌 되고 꼴찌가 첫째 된다는
성경 속 그분 말씀 현실 속에 살아 있네

별 달고 나온 꼴찌는 첫째도 되지만
개털이 범털 되는 변고는 없었다네
범털은 금수저요 개털은 흙수저니까

회고 인생

희망 가득 찼던 봄엔
지난일은 힐끗힐끗
되돌아보았을 뿐이고

젊음이 넘쳤던 여름엔
화려한 앞날 내다보며
지난날도 가끔 돌아보았다

시듦이 시작된 가을엔
앞날보다 지난날을
더 많이 되돌아보았는데

안팎이 썰렁한 겨울엔
밤낮 되돌아보기만 하니
실수한 일, 잘못한 일뿐이다

명령으로 안 되는 일

파도가 밀려드는 바닷가 모래밭에서
혁명을 부추길 글짓기 대회가 열렸다
사원은 누구나 참여하는 행사였다

군복 차림으로 호기 부리던 호랑이 부장
한 수 읊어보겠다며 볼펜과 종이를 받아
파도가 철썩대는 물가로 성큼성큼 나가더니

멀리 수평선 바라보며
"아, 바다여－"
한마디 하곤 한동안 가만히 서 있었다

이윽고 그는
어깨를 늘어뜨린 채 돌아와
말없이 볼펜과 종이를 돌려주었다

분심分心

오늘 새벽 미사 중에도 내내
깜빡 분심에 들었다가
퍼뜩 정신을 차리곤 했다

말씀에 대한 묵상은 잠시뿐
정신 나간 언행들에 대한
부끄럽고 괴로운 회한에다
불신의 의혹에까지 빠져들었다

그런 상황에서도 기도했다는
변명도 안 통하는 배냇병
상처 많은 사연의 증상인가
선악이 공존하는 실상인가

그분이 손을 얹어주고
그분의 옷자락이라도 잡는
그날에야 치유될

상극

좋아하면
꼬리를 치켜 올려 흔들고
싫어하면
꼬리를 내리는 개와
반대로 하는 고양이는
만나기만 하면 으르렁거린다

역지사지를 모르고
조정과 타협을 모르는
진보와 보수
여당과 야당은
바로 개와 고양이

발전의 추이

대체로
문명은 서쪽을 향해
한 바퀴 돌아
동쪽으로 돌아오고

사상은 왼쪽을 향해
한 바퀴 돌아
어느새
오른쪽에 와 있다
극좌가 극우 되어

섭리의 방향인가

수수께끼

성경 공부를 하다 보면
이해할 수 없고 풀리지 않는
수수께끼와 자주 만난다

그때마다 달라붙는
진드기

과연 그럴까?
그럴지도 모르지…

자기네 입장에서 쓴
문학적 방편일 거야
가시는 가려내고
믿어주는 게 편하겠지

역지사지

달에서 보면
지구는
하늘의 달

우주에서 보면
지금 우리가 사는
여기가
하늘나라
우리는 하늘에 계신 분

개심

일하지 않고 땀 흘리지 않는 것을
멋으로 여겼던 시절

놀면서 노래만 부르는
베짱이를 부러워했다

찬 바람 부는 겨울이 되자
베짱이의 신세가 처량했는데

땀 흘려 일하는 노동이
목수의 작업대에서
신성해진 것을 알게 된 베짱이가
팔자를 고쳤다

땀 흘려 재능을 살린 음반이
대박을 터뜨렸으니

이제
신성한 노동이
멋이 되고 자랑이 되었다

돌멩이

세겜에서 백성과 계약 맺은 여호수아
성전 나무 아래 큰 돌을 세우고
말씀을 들은 증거물이라 선언했다*

일제에 징용되어 중노동하다 죽은
조선인 무덤 앞 '쓸모없는 돌' 보타이시**
참혹한 처우 한 맺힌 삶의 증거물

길가 못생긴 돌멩이도 예사롭지 않다
기암괴석이 깨지고 부서지고 깎이면서
억만년 세상만사 지켜본 증거물 같아서

* 여호수아 24, 25 ~ 27.
** 일본인들이 키우던 개나 고양이의 무덤에 비석처럼 세웠던 돌.

94

不憂國非詩也

함량 미달

"너 자신을 알라"는
거울 앞에 서보시오

거기
진정 양심이 있는 사람
'공정과 정의를 실천하는' 인물이 있소?

언제까지
속임수 꼼수 거짓말로
민얼굴 가릴 거요?

"머리 손질할 때 되었네"
뚱딴짓소리만 할 거요?

국사國事는 제쳐두고

不憂國非詩也

선발

30년 총잡이 장물臟物에
굽실거리며 꾀어든 꾼들 중

"모래밭에서 찾았다는 진주도
그냥 모래"

언제까지 냄새 맡아
감자를 고르려는지

쓰레기 더미에서 장미꽃
진흙탕에서 연꽃

운 좋게 피어났으면 좋으련만

진화와 퇴화

탐스럽게 익어 빛깔도 좋은 과일
사람보다 먼저
벌레가 알고 시식한다

깊은 땅속 요동치는 지진
먼 바다 쓰나미
사람보다 먼저
야생동물이 눈치챈다

억만년 전부터 쉼 없는
퇴화와 진화
정지한 듯 천천히
지금 여기서 진행 중이다

주변인

무더위와 폭염이 이어지던 휴가철
젊음들이 파도와 함께 넘실대는
소란스러운 바닷가

사철 내내 휴가 중인 늙은이가
낯가림하듯 우두커니 서서 구경한다
모래가 뜨거워 물에 들어가 보지만
밀려가고 밀려와 부서지는 파도에
뒤집히는 물 차갑고 깨끗하지 않다

조금만 참고 더 깊이 들어가면
혼탁을 넘어 맑고 푸른 물 만나겠지만
발만 담근 채 멍하니 망설이기만 하다
물 밖으로 나오길 거듭한다

저러는 게

세상에 살면서도
세상 속으로 들어가지 못하는 주변인
상처받지 않고 물들지 않는 모습인가

산수傘壽인데도

남에겐 봄바람처럼 부드럽고 관대하게
나에겐 서릿발 같은 잣대를 대라지만*
실제는 감정과 이성, 몸과 마음이 따로다

눈짓과 미소가 노골적인 저 관심
출렁이는 굴곡에 싱숭생숭 설레지만
소망은 꿈틀거려도 부활復活은 가망 없어

* 待人春風 持己秋霜.

100

이런 사람 저런 사람

손을 내밀면 베푸는 사람
벌리면 얻어먹는 사람
가만히 있으면 손 놓고 손 안 쓰는 사람

개와 다투어 이기면 개보다 더한 사람
지면 개보다 못한 사람
비기면 개 같은 사람
거들떠보지 않으면 개무시하는 사람

성묘

할머니 할아버지가
이 세상에서 제일 사랑하신다던
유나와 민준이*가 왔어요
할아버지 할머니가
이 세상에서 제일 사랑하신다던
아빠와 엄마도 왔어요

그런데
할아버지와 할머니는
왜 나타나지도 않으시고
안아주지도 않으세요?
왜 아무 말씀도 안 하세요?

할머니 할아버지가
하느님을 닮은 거예요?

* 필자의 손녀 손자.

102

아브라함의 호소

지진과 태풍들이 흔들고 휩쓰는 땅에
식민 지배를 반성하고 사죄하는 양심
지식인 의인이 226명이나 있습니다

거꾸로 돌리는 역사의 수레바퀴에 맞서
용기 있는 목소리를 내는 의인이 있는데
죄인과 함께 파멸시켜버리시겠습니까?*

저들은 불의 부당한 과거를 뉘우쳐서
이웃이 오손도손 평화로이 사는 세상
참으로 착한 이웃을 꿈꾸는 의인입니다

* 창세 18, 23~28.

| 해설 |

직관直觀과 직설直說, 비틀기의 신선한 조화

박시교 시인

1

시詩가 가지는 첫 번째 덕목이라고 할 수 있는 '힘'은 무엇일까? 사람에 따라서 여러 해석이 가능하겠지만 무엇보다도 우선되는 것은 아무래도 '감동'이 아닐까 싶다. 그렇다면 감동을 지탱하게 하는 가장 중요한 요인은 또 무엇일까? 이 물음에 대한 대답은 한두 가지로 규정될 일이 아닐 것이다. 섬세한 묘사나 빼어난 은유, 적합하고 절제된 보법, 아름다운 상징과 비유, 특별한 표현의 기교 등등 그 구성과 얼개는 다양하고 또 치밀하기까지 해야만 한다. 그러나 이 같은 것은 어디까지나 그야말로 시가 가지

는 힘의 교과서적이고 일반론적인 해석에 불과할는지도
모른다.

이제 살펴보려는 허종열 시인의 작품들은 위에 나열한
범주에서 한참 벗어나 있다. 그런데도 쉽고 재미있게 읽
힐 뿐만 아니라 또 특유의 '비틀기'로 해서 카타르시스는
물론 미소까지 동시에 유발케 한다는 데에 그 시적 한 성
과를 느끼게 된다. 그리고 이러한 길들여지지 않은 또 다
른 감동은 이제까지의 일반적인 시적 성과와는 동일하지
않다는 점을 새삼 깨우치게도 해준다. 그런 데다 분명히
낯선데도 이상한 친근감을 느끼게 하는 매력은 대체 무
엇일까?

먼저 한 편을 옮겨 읽기로 한다.

천고마비天高馬肥가 무슨 뜻인지 묻는 물음에
천 미터 높이 올라가면 몸이 마비되죠
전남 보성 벌교가 어떤 곳인지 묻자
벌을 숭배하는 종교를 믿는 곳입니까?

이건 웃기려고 하는 농담이 아니다
외국에서 오래 살다 돌아온 사람이
방송에 나와 진지하게 대답하는 말이다

멀쩡한 늙은이도 흔히 기상천외하다
제일 좋은 건 물 같은 거라는 상선약수上善若水를
충북 단양 상선암의 약수로 알아듣고
범인은 이웃이란 근자지소행近者之所行을 말하니
큰 자지 소행이라 이해하고 끄덕인다
연산군이 세종의 아들인지 묻기도 하고
광화문 일대를 촛불이 가득 메우니
태극기 성조기를 흔들어 김을 빼고
유족들의 단식을 폭식으로 조롱한다

달라도 너무 다른 희한한 인식과 행동
가라지의 실재와 실체가 뚜렷하지만
더불어 안고 가야 하는 게 밀밭의 숙명

모두가 똑같은 주권을 가진 민주 시민
인내와 포용으로 지켜내야 할 자유
그래서 언제나 시끄럽고 힘겨운 민주주의
ㅡ「가라지와 함께」 전문

"가라지"가 분명한데도 그것을 솎아낼 힘이 오늘을 사

는 우리에게는 없다. 그런데 하늘나라에 계시는 그분도 땅 위의 일은 어쩌지 못한다며 방관한다. 마치 너희들 일이니 너희들이 알아서 하라는 듯이. 언제나 그러했지만 이 근래 몇 년 동안에 우리 사회는 큰 진통을 겪으면서 가라지의 횡행이 그 어느 때보다도 더 극성을 부리는 게 아닌가 싶기도 하다. 이렇듯 "민주주의"는 자유와 포용이라는 포장으로 감싸야만 하는 것인지도 모른다고 안타까워한다.

이에 비하면 차라리 "천고마비", "상선약수", "근자지소행"의 오독은 애교 정도로 치부할 수도 있다. 그래서 읽으면서 이 대목에서는 웃음을 머금었지만, "촛불"과 "태극기"에 이르면 이내 가슴이 저려오는 것은 왜일까? "달라도 너무 다른 희한한 인식과 행동"으로 인한 탓이라고만 규정하기에도, 또 "인내와 포용으로 지켜내야 할 자유"라고 체념하기에도 솟구치는 울분을 도무지 잠재울 수가 없는 것이다. "가라지와 함께"해야만 하는 오늘을 사는 우리의 숙명을 놓치지 않고 화자는 이렇게 감싸 안는다. 이것이 바로 시인의 올바른 자세요, 넉넉한 가슴이 아니겠는가. 그래서 "더불어 안고 가야 하는 게 밀밭의 숙명"이라고 위안하고 있다.

이러한 시인의 생각을 밝혀주는 한 편을 더 옮겨 읽기

로 한다.

　　옥수수밭에 자라나는 잡초 '밀크위드'
　　그 수액을 먹고 사는 진딧물의 단 즙은
　　옥수수 좀벌레의 천적 기생말벌의 먹이

　　잡초에 꼬인 기생말벌이 좀벌레를 죽여
　　옥수수 수확량이 잡초 덕에 늘어난다
　　성가신 잡초와의 공존 공생은 자연의 섭리

　　촛불 혁명이 이뤄낸 사람 사는 세상에도
　　옥수수 좀벌레의 천적 같은 기생말벌이
　　나라의 적폐를 청산하는 마중물 되었으면
　　－「밀크위드처럼」 전문

　　인용한 작품에서 "밀크위드"는 앞의 작품 "가라지"와 같은 잡초지만 자연현상에서의 역할은 뚜렷하게 대별된다. 화자가 나타내고자 하는 사회학적 현상의 대비를 알고 읽으면 시의 재미가 결코 가볍지 않다는 것을 단번에 느낄 수가 있다. 둘 다 잡초지만 가라지와 밀크위드의 정반대 기여, 이를 통해 화자는 오늘의 우리 사회현상을 꼬집고 있는 것이다.

"성가신 잡초와의 공존 공생은 자연의 섭리"라는 점을 상기시키면서 "촛불 혁명이 이뤄낸 사람 사는 세상에도/ 옥수수 좀벌레의 천적 같은 기생말벌이" 마침내 "나라의 적폐를 청산하는 마중물 되었으면" 하는 간절한 바람을 노래하고 있다.

두 작품 모두의 근간을 이루고 있는 촛불 혁명을 통해 화자는 우리 사회의 어두운 면을 새삼 상기시키면서 그 치유책을 나름대로 제시하고 있음을 목격하게 된다. 그 것도 우직하다 싶을 정도의 직설법을 통해서 마치 가슴 에 담아두었던 울분을 토로하듯이 펼쳐 보이고 있다.

2

허종열 시인은 언론인 출신이다. 〈평화신문〉 창간 국 장으로서 그 전에 이미 〈가톨릭신문〉에도 관여한 바가 있 었다. 그리고 관련 서적 30여 권을 우리말로 옮긴 번역문 학가이며 독실한 가톨릭 신자이다. 이 시집에 수록된 여 러 편의 작품을 통해서도 그의 종교적 생각을 엿볼 수가 있었다.

프란치스코 교황 방한 뒤의 어느 모임 때로 기억한다. 허 시인이 '교황敎皇'이란 호칭은 잘못된 것이라고 지적했다. 군국주의 국가의 황제를 연상케 하는 호칭으로서 종교 최고 지도자에는 맞지 않는 표현이므로 '교종敎宗'이라고 해야만 옳다는 것이었다. 필자도 가톨릭 신자이기는 하지만 그냥 흘려서 모두를 따라 호칭했던 터라 귀가 새로 트였던 기억이 있다.

허 시인이 몇 년 전에 상재한 시집 『데리고 가요』에 마침 교종에 관한 작품이 있어서 옮겨보기로 한다.

까마귀 싸우는 골에 백로야 들어가라
성난 까마귀 흰빛을 시샘하니
창파에 고이 씻은 몸 더럽힐 각오 하라

세상살이 험한 곳에 사도여 들어가라
절망이 있는 곳에 희망을 심으려다
불의의 휘광이 칼에 상처 입을 각오 하라
─「교종의 권고」 전문

옛 시조를 패러디한 이 작품은 당시 우리의 사회 현실을 꼬집고 있는데, 이와 같은 시작詩作 태도가 바로 앞 장

에 소개한 「가라지와 함께」나 「밀크위드처럼」으로 연결
된다고 할 수 있을 것이다. 이러한 생각의 연장선상에서
지난 2월 16일 선종 10주기를 맞은 김수환 추기경에 대
한 작품 한 편이 있어서 옮겨 읽고 이야기를 잇기로 한다.

> 기차 안
> 계란 장수가 외치는 소리로
>
> 김수환 추기경이
> 자주 하시던 우스개
>
> 삶이란 무엇이냐 하면
> 삶은 계란이다
> −「삶이란」 전문

　자신을 '바보'라고 자칭하기를 주저하지 않았던 추기
경, 지난 격동기 암울했던 군사독재 정권 때 우리 사회 현
실에 한 가닥 빛이며 희망의 싹을 갖게 해주었던 진정한
어른, 그 추기경의 소박한 우스개 하나를 시화해 보여주
고 있다. '삶이란 삶은 계란이다'라고 가볍게 터치하면서
우리들 아픈 삶을 위무해주려고 했던 것은 아니었을까?

종교적인 면을 다룬 시 한 편을 더 옮겨 읽기로 하자.

할머니 할아버지가
이 세상에서 제일 사랑하신다던
유나와 민준이가 왔어요
할아버지 할머니가
이 세상에서 제일 사랑하신다던
아빠와 엄마도 왔어요

그런데
할아버지와 할머니는
왜 나타나지도 않으시고
안아주지도 않으세요?
왜 아무 말씀도 안 하세요?

할머니 할아버지가
하느님을 닮은 거예요?
―「성묘」 전문

인용한 시에 등장하는 두 어린이 "유나"와 "민준"은 화
자의 손주라고 밝히고 있으므로 시의 현장 시점은 다가

올 미래가 된다. 그리고 이 작품에서 화자가 말하고자 하는 주안점은 당연히 결구 "할머니 할아버지가/ 하느님을 닮은 거예요?"라는 물음 부문에 놓인다. 하느님처럼 말을 하지 않는 할아버지와 할머니는 이미 이 세상에 있지 않을 그 내일을 미리 그려본 것일 테지만 그보다는 묵묵부답인 하느님의 실체를 따져보려는 데에 방점을 더 두고 싶었던 것은 아니었을까? 그렇다고 하더라도 순수한 어린이의 마음을 빌려서 이 문제를 바라보려 했던 화자의 의도가 이채롭다.

확인되지 않은 믿음에는 언제나 의문부호가 따라붙게 마련이다. 모름지기 시인은 의심에서부터 시적 동기를 유발하며, 그 진실에 접근하려는 노력의 일단을 어떤 모습으로 그리느냐가 바로 시 작품이다. 그런 의미에서 우리는 이미 『시편詩篇』이라고 하는 최고의 작품집을 공유하고 있기도 하다. 아무튼 시인으로서의 믿음에 대한 그의 의문은 생각보다는 아주 단순하다.

성경 공부를 하다 보면
이해할 수 없고 풀리지 않는
수수께끼와 자주 만난다

그때마다 달라붙는
진드기

과연 그럴까?
그럴지도 모르지…

자기네 입장에서 쓴
문학적 방편일 거야
가시는 가려내고
믿어주는 게 편하겠지
─「수수께끼」전문

성경을 읽다가 "이해할 수 없고 풀리지 않는/ 수수께
끼"와 마주쳤을 때 신자로서 시인은 어떤 자세를 취할까?
앞에 인용한 작품 「성묘」에서도 보았듯이 "가시는 가려
내고/ 믿어주는 게 편"한 에둘러 가는 길로 몸을 낮춘다.
하느님은 그 어떤 경우에도 가타부타 말씀이 없다는 것
을 이미 알고 있어서일 것이다. 그래서 스스로 의문의 "달
라붙는/ 진드기"를 털어내 버리는 지혜를 터득하게 된 것
인지도 모를 일이다.

3

이 시집에 수록된 작품들은 대개 평화와 종교, 사회 현실 문제 등을 다룬 시편들이 주를 이루고 있다. 예컨대 평화에 대해서는 "자국의 핵무기 성능은 몰래 강화하며/ 핵확산 금지를 외치는 비양심"이라든지 "종전 선언으로 긴장이 풀리면 어쩌나/ 무기 팔아 배 불리는 몸집 큰 장삿속"과 같이 노래하고 있는 작품 「미국이 평화를 원할까?」에 담긴 시인의 시각이 소위 삐딱하면서도 매우 날카롭다. 그런가 하면 "모든 생명체는 바다에서 시작되었다/ 인간의 손가락 다섯 개는 물고기의/ 다섯 개 지느러미뼈가 진화한 거"(「물고기」)라는 종교적인 해석 등이 눈길을 끈다.

그런데 여기서 필자가 특별히 주목한 것은 수록 작품의 상당수가 시조의 운율을 띠고 있거나 시조라는 사실이었다. 더구나 보법이나 엮음의 자연스러움에서 한 치의 빈틈도 보이지 않은 뛰어난 정형시로서의 가작들이었다는 점이다. 이미 앞에서 인용한 작품들 중에 「밀크위드처럼」은 연시조 형식을, 「삶이란」은 단시조 형식을 빌렸다. 그리고 「광화문 구마驅魔 함성」 「몽돌 해변」 「분열의

115

기수들아」「인내천人乃天」「상생」「물고기」「DNA가 같
아」「마른 꽃」「영원의 한 토막」「산수傘壽인데도」등등이
모두 시조 작품이거나 시조의 운율을 가지고 있었다.

　　모르쇠가
　　스스로 드러내는
　　더러운 영

　　화려한 쇼
　　유려한 거짓말로
　　회칠한 무덤

　　촛불의
　　함성이 외친다
　　그에게서 나가라
　　—「광화문 구마驅魔 함성」전문

　"모르쇠"가 바로 성경에 가리킨 "더러운 영"으로서 그
동안 "화려한 쇼"와 "유려한 거짓말"로 진실을 오도한 것
이 마치 유대인들이 사람들의 눈에 잘 띄어 부주의하지
않도록 희게 "회칠한 무덤"과 다르지 않다고 지적한다.

그리하여 마침내 "촛불의/ 함성이 외친다". "더러운 영아, 그 모르쇠에서 나가라"고. 성구聖句를 빌려 촛불 혁명을 그리고 있다. 정형시의 정격인 단시조 작품이다.

이 단시조와 같은 내용을 다룬, 다음에 옮겨 읽는 짧은 사설시조도 눈길을 끌기에 충분하다.

피보다 진한 물은 투명한 구정물

속임수 꼼수 모르는, 때 묻은 철부지들
겉모습만 보고서 청정수로 알았다가
어둠 속에서 구정물이 사방으로 튀고
진동하는 썩은 냄새 참을 수 없어지니

마침내
어둠을 물리치는 촛불을 들었다
ㅡ「구정물」전문

또 다른 작품 「반성문」에서 시인은 "석기시대 동네로 조롱받는 대구에서" "묻지 마 투표로 지역 대통령 뽑아" "정치를 일당 독무대로 만든 걸 반성하며" 마침내 "'대구가 쓰는 반성문'에 앞장서"는 "국민학교 동기 동창" 친구를 거명하며 격려의 박수를 보낸다. 이 또한 촛불 혁명의 연장선상으로 소위 TK의 극소수 살아 있는 양심의 불씨를 확인해주었다고 할 수 있다. 어쩌면 이러한 잘못된 오랜 병폐인 지역감정이 바로 '피보다 진한 투명한 구정물'일 것이라고 규정하는데, 사실「구정물」도「반성문」과 그 정신을 같이하는 작품이다.

이처럼 허 시인의 시는 대체적으로 날카로운 직관에 직설을 얹은 그만의 독특한 비틀기로써 또 다른 시적 공감을 불러일으키는 '힘'을 보여준다. 따라서 시인으로서는 뒤늦은 출발이었지만 그의 시는 튼실할 뿐만 아니라 독특한 개성에 더하여 선 굵은 분명한 목소리를 가진 것으로 평가되어야 마땅할 것이라 믿는다. 그만큼 그의 시는 젊고 활달하다.

허종열

경북 경산 출생. 경북대학교 영어영문학과와 서울대학교 신문대학원
졸업. 가톨릭신문사와 현대중공업을 거쳐, 평화신문 편집국장, 대통령
소속 의문사진상규명위원회 홍보팀장 역임.
2007년부터 시를 써서 발표하기 시작. 2010년 계간지 《시선》으로 등
단. 시집 『데리고 가요』(2016) 『먼지로 돌아가리라』(2011), 역서 『흑야』
『마천루』(1·2권) 『밀레니엄』(1·2권) 『가톨릭 윤리와 자본주의 정신』
『영원토록 당신 사랑 노래하리라』 『기나긴 겨울』 『노동과 사랑』 『사해
두루마리의 미스터리와 의미』 『아메리카의 전략 신학』 『하느님을 향해
세상을 향해』 『평화가 아니라 칼을』 『요한 23세 성인 교황』 등 30여 권
출간.
ignahur@hanmail.net

시로 쓰는 반성문

—

초판 1쇄 2019년 5월 23일
지은이 허종열
펴낸이 김영재
펴낸곳 책만드는집
—

주소 서울 마포구 양화로 3길 99, 4층 (04022)
전화 3142-1585·6
팩스 336-8908
전자우편 chaekjip@naver.com
출판등록 1994년 1월 13일 제10-927호
ⓒ 허종열, 2019
—

ISBN 978-89-7944-691-3 (04810)
ISBN 978-89-7944-354-7 (세트)